Stori'r Pasg

Stephanie Jeffs

Darluniau gan John Haysom

Addasiad Cymraeg gan
Maldwyn Thomas

CYHOEDDIADAU'R GAIR

Cyflwyniad

Mae'r llyfr hwn yn adrodd hanes wythnos olaf dyn a fu farw pan oedd e tua thri deg a thair blwydd oed.

Roedd y dyn yn byw yng ngwlad Israel tua 2,000 o flynyddoedd yn ôl. Fe'i ganwyd mewn stabl, yn fab i Mair, a saer o'r enw Joseff, ac fe ddaeth bugeiliaid a dynion doeth i'w weld. Mi fu raid i'w rieni ffoi efo'u babi bach am fod yna frenin eiddigeddus a drwg yn dymuno ei ladd. Fe fu'r teulu bach ar ffo mewn gwlad estron. Yn ddiweddarach fe dyfodd y plentyn i fod yn athro mawr ac yn iachäwr. Roedd ganddo lawer o ddilynwyr, ond roedd ganddo hefyd lawer o elynion.

Dywedai'r dyn lawer o bethau amdano'i hun. Fe ddywedodd ei fod yn dangos sut y gallai pobl adnabod Duw fel eu tad. Fe ddysgodd bobl sut i fyw yn ôl dymuniad Duw. Fe ddywedodd mai mab Duw ydoedd, ac nid mab saer o'r enw Joseff.

Dyma i chi beth rhyfeddol i'w ddweud, ac mae'n dal yn rhyfeddol heddiw. Mae hwn yn hanes arbennig iawn. Hanes dyn o'r enw Iesu.

Iesu y Brenin

EFENGYL MATHEW, PENNOD 21, ADNODAU 1-11

"Brysia! Brysia!" gwaeddodd y wraig ar ei gŵr.

"Pam mae yna'r fath frys? I ble mae pawb yn mynd? Be sy'n digwydd?" galwodd yntau.

Adeg dathlu gŵyl y Pasg oedd hi. Roedd y bobl a oedd wedi dod i ddathlu'r ŵyl yn rhedeg am y ffordd rhwng Bethania a Jerwsalem. Mi oedd yna dyrfa o bobl, torf mewn hwyliau da. Doedd yna ddim helynt o fath yn y byd, dim bloeddio cas na chodi dyrnau milain. Roedd y bobl am weld yr hyn oedd yn digwydd.

"Be sy'n bod?" gwaeddodd rhywun. Roedd y person yma yn cael ei gario gan y dorf gynhyrfus, fel sawl un arall.

"Mae Iesu'n dod!"

"Mae Iesu'n dod fel brenin! Mae o'n marchogaeth ar gefn asyn! Mae o'n dod yn union fel y dywedodd y proffwydi amdano. Mae o wedi dod i'n hachub ni!"

Gwaeddodd un llais yn uwch na phawb,

"Felly gadewch i ni ei groesawu fel brenin!"

Bloeddiodd y bobl yn llawen gan gytuno â hyn. Tynnodd rhai eu clogynnau a'u taflu ar y ddaear lychlyd, tra torrodd eraill ganghennau oddi ar y coed a'u chwifio'n uchel yn yr awyr.

Yn y pellter roedd Iesu'n dod, ar gefn asyn. Distawodd y dyrfa am eiliad, cyn ailddechrau gweiddi a bloeddio. Geiriau buddugoliaeth, geiriau llwyddiant, geiriau dathlu. Croeso i arwr buddugoliaeth, dyna oedd croeso'r dyrfa i Iesu.

"Hwrê! Y Brenin Iesu!"

"Hosanna! Bendith Duw ar y brenin sydd wedi dod i'n hachub ni!"

"Hir oes i'r Brenin Iesu!"

Iesu'n mynd i'r Deml

EFENGYL MATHEW, PENNOD 21, ADNODAU 12-15

Erbyn i Iesu gyrraedd Jerwsalem roedd pawb yn y ddinas yn gwybod ei fod yno. Roedd y bobl hynny nad oedden nhw wedi clywed sôn am Iesu cyn hyn, bellach yn clywed pytiau o newyddion amdano. Athro oedd o, meddai rhai. Iachäwr, meddai eraill. Un oedd yn peri trwbl oedd o, meddai ychydig o rai eraill.

Erbyn hyn roedd Iesu ar ei ffordd i'r Deml, a'r dyrfa'n ei ddilyn. Lle prysur iawn oedd cyntedd y Deml, yn debycach i farchnad brysur ar y stryd nag i le ar gyfer gweddi. Gwerthu adar ac anifeiliaid oedd busnes y gwerthwyr y tu ôl i'w byrddau. Roedd yr adar a'r anifeiliaid yn cael eu haberthu ar gyfer gŵyl y Bara Croyw. Newid arian y stryd am arian y Deml oedd busnes y cyfnewidwyr arian, ac roedden nhw'n gobeithio am elw mawr.

Ond dod i dŷ Duw er mwyn gweddïo yr oedd Iesu. Edrychodd o'i gwmpas a gweld y cyfan. Gwyddai fod y cyfnewidwyr arian yn twyllo'r bobl. Gwyddai fod bryd y gwerthwyr y tu ôl i'w byrddau ar arian, ac nid ar gael maddeuant. Gwyddai nad oedd Duw yn dymuno gweld y ffair hon yng nghyntedd y Deml.

A dyna Iesu'n taflu un o'r byrddau ar ei ochr, ac yn peri i gawod o arian dasgu i'r awyr. Aeth Iesu ar hyd y cyntedd gan ddymchwel un bwrdd ar ôl y llall.

"Tŷ gweddi ydi fy nhŷ i! Ond rydych chi'n ei wneud yn ogof lladron!" meddai Iesu.

Fe sleifiodd rhai o'r gwerthwyr a'r cyfnewidwyr allan o'r Deml. Roedden nhw'n flin gynddeiriog am fod Iesu wedi dymchwel eu byrddau.

"Pwy mae o'n feddwl ydi o?" medden nhw'n chwyrn.

Ond yr oedd yno lawer o gardotwyr wrth borth y Deml. Yno hefyd yr oedd y rhai oedd yn ddall a'r rhai oedd yn gloff. Fe ddaethant at Iesu a chael eu gwella ganddo. Dyma'r tro cyntaf i'r rhai oedd wedi bod yn ddall weld y Deml, tra oedd y rhai fu'n gloff yn rhedeg ac yn dawnsio; roedden nhw'n moli Duw am eu bod wedi cael eu gwella. Roedd y plant yng nghanol y llawenydd yn gweiddi:

"Hwrê! Mae Duw wedi dod i'n hachub ni! Hosanna!"

Ond roedd yna rai yn y Deml nad oedd yn dathlu. Roedden nhw yn hytrach yn sefyll yn y cysgodion yn sibrwd ac yn cynllwynio yn erbyn Iesu.

Y Ffiol o Ennaint

EFENGYL MATHEW, PENNOD 26, ADNODAU 6-16

Un min nos yr oedd Iesu a'i ddisgyblion yn gorffwyso yn nhŷ cyfaill o'r enw Simon y gwahanglwyfus.

Daeth gwraig i mewn i'r tŷ tra oedden nhw'n bwyta. Roedd hi'n gafael mewn ffiol alabastr o ennaint gwerthfawr iawn. Aeth at Iesu ac arllwys yr ennaint yn addfwyn ar ei ben. Wrth i'r hylif ddiferu'n araf drwy ei wallt, yr oedd arogl melys yr ennaint yn llond y lle.

Roedd y disgyblion yn gandryll.

"Gwastraff ofnadwy!" medden nhw. "Fe fyddai'r ennaint yma wedi gwerthu am arian mawr. Fe ddylid rhoi'r arian i'r tlodion yn lle ei wastraffu fel hyn."

Roedd y disgyblion yn hollol sicr y byddai Iesu'n cytuno â hwy. Ond ei synnu nhw wnaeth Iesu, fel y gwnâi o yn aml. Gafaelodd yn dyner yn llaw y wraig a throi i siarad yn bendant iawn â'r disgyblion.

"Peidiwch â'i beirniadu hi! Mae'r wraig hon wedi dangos ei bod hi'n gwybod pwy ydw i. Mae hi wedi gwneud rhywbeth prydferth. Dydi hi ddim wedi bod yn wastraffus; mae hi wedi fy mharatoi i ar gyfer fy marwolaeth. Fe fydd yn cofio am flynyddoedd am yr hyn a wnaeth hi heddiw."

Roedd y disgyblion wedi'u syfrdanu. Beth oedd ystyr hyn i gyd?

Yr oedd yna un disgybl a oedd yn wahanol i'r gweddill. Fe wyddai ef fod gan Iesu ei elynion; doedd pawb ddim yn cytuno â Iesu. Fe wyddai'r disgybl hwn y byddai'r archoffeiriaid yn hapus iawn pe bai Iesu'n cael ei ladd. Roedd gan y disgybl hwn gyfle i wneud arian.

Aeth ar ei union at yr archoffeiriaid a bargeinio gyda nhw.

"Faint o arian dalwch chi i mi am roi Iesu yn eich dwylo chi?"

"Gwerth caethwas - tri deg darn o arian," oedd eu hateb.

Ar ôl taro'r fargen, fe ddisgwyliodd y disgybl am gyfle i roi Iesu yn nwylo ei elynion. Enw'r disgybl oedd Jwdas Iscariot.

Y Brenin yn Was

EFENGYL IOAN, PENNOD 13, ADNODAU 1-20

Ychydig ddyddiau'n ddiweddarach, fe ofynnodd Iesu i'w ddisgyblion baratoi ar gyfer gwledd y Bara Croyw. Roedd y wledd i gael ei chynnal mewn goruwch ystafell, ac roedd yna gynnwrf mawr. Byddai Jwdas yn y wledd; roedd yn dal i wylio, yn dal i ddisgwyl am gyfle i fradychu Iesu.

Ar ôl i bawb gyrraedd, fe glymodd Iesu dywel am ei ganol, yn union fel yr arferai gwas ei wneud.

"Be ar y ddaear mae o'n ei wneud?" meddyliodd y disgyblion.

Gwylient Iesu'n tywallt dŵr i bowlen fawr, a syllent mewn syndod wrth i Iesu olchi traed pob un ohonyn nhw yn ei dro. Traed budron, traed llychlyd, traed blinedig. Roedden nhw i gyd yn ddistaw ac yn meddwl pam roedd eu meistr yn gwneud gwaith y gwas.

Tro Pedr oedd hi. Ond fedrai Pedr ddim deall o gwbl.

"Arglwydd, pam wyt ti'n gwneud hyn?" meddai. "Nid ti a ddylai olchi'n traed. Chei di ddim golchi fy nhraed i!"

Atebodd Iesu ef, gan edrych i fyw ei lygaid.

"Dwyt ti ddim yn deall yr hyn yr ydw i'n ei wneud ar hyn o bryd. Ond fe fyddi di'n deall un diwrnod. Os wyt ti am fod yn bartner i mi, os wyt ti am fod yn gyfaill i mi, yna mae'n rhaid i ti adael i mi olchi dy draed."

Atebodd Pedr ar ei union, "Yna paid â golchi fy nhraed yn unig; golch fy nwylo, a golch fy mhen hefyd."

"Does dim angen gwneud hynny," atebodd Iesu. "Mi ydw i wedi dy olchi di, felly mi wyt ti'n lân."

Roedd Jwdas yn gwingo. Fe wyddai fod ei gyfle i fradychu Iesu yn agos iawn.

"Mi ydw i wedi gwneud gwaith gwas," meddai Iesu. "Os ydych chi am fy nilyn i, yna mae'n rhaid i chi ddysgu gwasanaethu eich gilydd."

Roedd Jwdas yn gwybod bod rhaid iddo adael gwledd y Bara Croyw ar ei union.

Y Swper Olaf

EFENGYL LUC, PENNOD 22, ADNODAU 14-23.

Roedd Iesu a'i ddisgyblion wrthi'n bwyta'r bwyd yng ngwledd y Bara Croyw pan ddywedodd Iesu rywbeth syfrdanol.

"Y mae un ohonoch chi yn mynd i fy mradychu i."

Arswydodd y disgyblion wrth glywed hyn. Edrychodd y naill ar y llall mewn ofn mawr.

Wedyn fe gymerodd Iesu fara a diolch i Dduw amdano. Torrodd y bara yn ddarnau a'u rhannu ymysg y disgyblion.

"Bwytewch. Yn fuan fe fydd fy nghorff yn cael ei dorri, fel y bara hwn. Mi ydw i am i chi gofio bob amser am yr hyn yr ydw i newydd ei wneud. Pan fyddwch chi'n cyfarfod am swper fel hwn, mi fyddwch yn cofio amdanaf i."

Wedi i bawb orffen bwyta, fe gymerodd Iesu gwpanaid o win a diolchodd i Dduw am hwnnw hefyd. Yna estynnodd y gwin i'r disgyblion.

"Yfwch y gwin hwn," meddai Iesu. "Y mae'n arwydd o ddymuniad Duw i wneud pobl y byd yn bobl newydd, yn arwydd bod Duw wedi eich glanhau o bob pechod. Mae fy ngwaed i yn mynd i gael ei dywallt er mwyn dangos dymuniad Duw i bobl y byd."

Wedyn diflannodd Jwdas o'r ystafell ac aeth allan i'r nos.

Syllodd y disgyblion eraill ar y bara a'r gwin oedd ar ôl. Roedd pob un ohonyn nhw'n pendroni uwchben ystyr y swper hwn.

Iesu ar ei ben ei hun

EFENGYL MATHEW, PENNOD 26, ADNODAU 31-56

Roedd swper y Bara Croyw wedi dychryn y disgyblion. Ychydig ddyddiau cyn hyn roedd Iesu'n cael ei gyfarch yn frenin; ond yn awr roedd e'n sôn am farw. Roedd y disgyblion mewn penbleth mawr.

"Mi fydd pob un ohonoch chi yn fy ngadael i," meddai Iesu. "Ond ar ôl i mi godi o'r bedd, mi fyddaf i'n eich cyfarfod chi yng Ngalilea."

"Wna i byth dy adael di!" gwaeddodd Pedr. "Mi fydda i gyda thi bob amser."

"Na, fyddi di ddim, Pedr," atebodd Iesu. "Heno mi fyddi di'n dweud deirgwaith nad wyt ti ddim yn fy adnabod i."

Erbyn hyn yr oedd Iesu a'r disgyblion yng Ngardd Gethsemane.

"Eisteddwch yma a disgwyliwch amdanaf i. Rydw i'n mynd draw i weddïo," meddai Iesu. Eisteddodd wyth o'r disgyblion, tra cerddodd Iesu, gyda Pedr, Iago ac Ioan, ymhellach i Ardd Gethsemane.

"Arhoswch chi yma a chadwch yn effro," meddai Iesu wrth y tri disgybl.

Cerddodd Iesu yn ei flaen, ymhellach eto i'r ardd. Gweddïodd ar ei Dad, "Achub fi o'r holl ddioddef sydd o'm blaen i. Ond os na fydd hyn yn bosibl, yna gad i dy ewyllys di gael ei wneud. Mi ydw i am ufuddhau i ti."

Roedd Iesu yn drist iawn iawn. Roedd ei galon yn torri. Cerddodd yn ôl at ei gyfeillion. Roedden nhw'n cysgu. "Onid oedd hi'n bosibl i chi fod yn effro am awr?" holodd Iesu yn ei siom. Aeth Iesu yn ei ôl i weddïo yr ail waith. Roedd y disgyblion yn cysgu'n drwm. Mewn tristwch mawr mawr aeth i weddïo y drydedd waith. Ond roedd y disgyblion yn dal i gysgu.

Yn nhywyllwch Gethsemane gallai Iesu weld goleuni torchau yn y coed. Deffrôdd y tri disgybl ac aeth Iesu gyda hwy yn ôl at y disgyblion eraill.

"Y mae'r un sydd yn fy mradychu wedi cyrraedd," meddai Iesu.

Jwdas Iscariot oedd y bradwr. Roedd e'n arwain tyrfa. Roedd gan y dyrfa gleddyfau a phastynau.

Cerddodd Jwdas at Iesu. "Henffych well, Rabbi," meddai.

Cusanodd Iesu.

Hwn oedd yr arwydd. Rhuthrodd rhai o'r dyrfa a dal Iesu. Ni cheisiodd ddianc. Ond roedd pob un o'r disgyblion wedi diflannu.

Iesu y Carcharor

EFENGYL LUC, PENNOD 22, ADNODAU 54-62

Cymerwyd Iesu i dŷ Caiaffas yr archoffeiriad.

Roedd Pedr wedi sleifio yn ei ôl at y dyrfa. Ond roedd yn ceisio cadw o'r golwg. Roedd y dyrfa bellach yn eistedd o gwmpas tân a oedd wedi cael ei gynnau ar fuarth tŷ yr archoffeiriad. Eisteddodd Pedr yn y dyrfa. Gwrandawodd ar y sgwrsio.

Roedd morwyn yn syllu ar Pedr yng ngolau fflamau'r tân.

"Mi oedd hwn gyda'r carcharor!" meddai'r ferch.

Distawrwydd.

Roedd pob llygad ar Pedr.

"Dydw i ddim yn adnabod y carcharor," oedd ateb Pedr.

Dyna Pedr yn gwadu Iesu am y tro cyntaf.

Yn fuan wedyn gwaeddodd un arall o'r dyrfa ar y disgybl.

"Mi wyt ti'n un o gyfeillion y carcharor," meddai hwnnw.

"Nac ydw! Nac ydw!"

Roedd ofn enbyd ar Pedr.

Dyna Pedr yn gwadu Iesu am yr ail dro.

Ymhen rhyw awr dyma un arall o'r bobl oedd o gwmpas y tân yn gweiddi, "Mi oedd y dyn acw gyda Iesu y Galilead. Un o Galilea ydi'r dyn acw hefyd."

"Nage! Nage! Dydw i ddim yn gwybod am beth rwyt ti'n sôn!"

Roedd Pedr yn gweiddi yn ei ofn.

Dyna Pedr yn gwadu Iesu am y trydydd tro.

Roedd o wedi gwadu deirgwaith ei fod e'n adnabod Iesu.

Cofiodd Pedr am eiriau Iesu ar ôl swper y Bara Croyw.

Clywodd geiliog yn canu rywle. Roedd dydd newydd yn gwawrio.

Roedd Pedr wedi gwadu ei gyfaill gorau.

Diflannodd Pedr gan wylo'n hidl.

Y Goron Ddrain

EFENGYL IOAN, PENNOD 19, ADNODAU 1-17

Methiant oedd yr achos yn erbyn Iesu. Methodd Caiaffas â chael unrhyw dystiolaeth yn ei erbyn. O'r diwedd aeth yr Iddewon ag ef at Pilat. Ef oedd yn rheoli gwlad Iesu ar ran Rhufain.

Yn sicr doedd Pilat ddim yn dymuno rhoi Iesu ar brawf. Roedd llawer iawn o Iddewon wedi cyrraedd Jerwsalem ar gyfer gŵyl y Pasg, a doedd Pilat ddim am gael helynt ar strydoedd y ddinas.

Ond rhoddwyd Iesu i sefyll o flaen Pilat. Unwaith eto doedd yna ddim tystiolaeth yn ei erbyn. Aeth Pilat at yr Iddewon.

"Does gen i ddim byd yn erbyn y carcharor. Yn ôl eich arfer chi ar ŵyl y Pasg fe fyddwch yn rhyddhau un carcharor. Felly a ydych am ryddhau Iesu?"

Ond roedd yr offeiriaid wedi twyllo'r bobl a'u troi yn erbyn Iesu.

"Croeshoelia ef! Croeshoelia ef!" oedd geiriau erchyll y dyrfa.

Ac fe ildiodd Pilat. Rhoddodd Iesu i'r dyrfa i gael ei groeshoelio.

Plethodd milwyr goron o ddrain ar ei ben a rhoi mantell borffor amdano.

Roedd y milwyr yn eu mwynhau eu hunain.

"Eich Mawrhydi! Brenin yr Iddewon!"

Doedd dim diwedd ar hwyl creulon y milwyr.

Wedyn fe orfodwyd Iesu i gario ei groes ei hun ar ei gefn. Arweiniodd y milwyr Iesu i le o'r enw Golgotha.

Yno yr oedd i gael ei groeshoelio.

Hanes y Pasg

EFENGYL LUC, PENNOD 23, ADNODAU 32-43
AC EFENGYL IOAN, PENNOD 19, ADNODAU 25-30

Roedd dau arall yn mynd i gael eu croeshoelio yr un pryd â Iesu. Croes Iesu oedd yn y canol. Gerllaw yr oedd pobl yn gwylio, ac roedd rhai ohonyn nhw'n gwatwar.

"O, Dad, maddau iddynt," oedd geiriau Iesu ar y groes.

Yn ei boen, roedd un o'r ddau oedd yn cael eu croeshoelio yn galw ar Iesu.

"Achub dy hun! Achub ninnau!" oedd ei eiriau.

"Bydd ddistaw!" meddai'r carcharor arall. "Dynion drwg wyt ti a minnau. Ond wnaeth hwn ddim o'i le."

Yna erfyniodd y carcharor hwn ar Iesu,

"Cofia fi pan ddoi di i'th deyrnas."

"Fe fyddi di gyda mi bob amser," oedd ateb Iesu.

Wrth droed y groes roedd yna ferched yn wylo. Mair, mam Iesu, oedd un ohonynt. Yr oedd un o ddisgyblion annwyl Iesu yntau'n sefyll yno.

Galwodd Iesu ar ei fam,

"Dyma dy fab di," gan gyfeirio at y disgybl. Wedyn, meddai wrth y disgybl, "Dyma dy fam di."

Roedd Mair a'r disgybl yn deall. O'r awr honno fe ofalodd y disgybl hwnnw am fam Iesu.

Yna fe wyddai Iesu fod y diwedd wedi dod.

"O Dad, derbyn fi," meddai.

Ac yna bu Iesu farw ar y groes.

Mae Iesu'n Fyw!

EFENGYL IOAN, PENNOD 20, ADNODAU 1, 11-16

Dyn cyfoethog o'r enw Joseff o Arimathea, ger Jerwsalem, a ofalodd am gladdu Iesu. Rhoddodd ei gorff mewn bedd newydd yn y graig. Roedd maen mawr ar y bedd. Roedd y bedd hwn mewn gardd.

Ar y dydd cyntaf o'r wythnos aeth Mair Magdalen, un o gyfeillion Iesu, at y bedd. Ei dymuniad hi oedd rhoi peraroglau ar gorff Iesu yn ôl arfer yr Iddewon. Ond roedd hi'n poeni wrth feddwl am symud y maen mawr oddi wrth y bedd.

Roedd hi'n dywyll yn y bore bach. Safodd Mair yn stond. Doedd yna ddim maen ar y bedd! Ac roedd y bedd yn wag! Lladron! meddyliodd Mair. Roedd lladron wedi dwyn corff Iesu!

Daeth dagrau o dristwch - ac o ofn mawr - i lygaid Mair. Yn ei dagrau gwelodd ddau ddyn mewn dillad llachar.

"Pam y dagrau?" oedd eu cwestiwn.

"Am fod rhywun wedi dwyn corff fy Arglwydd," oedd ateb Mair.

Yna, roedd rhywun yn sefyll y tu ôl iddi. Meddyliodd Mair mai'r garddwr ydoedd.

"Ym mhle mae corff Iesu?" holodd Mair druan.

"Mair."

Un gair. Roedd un gair yn ddigon.

"Athro!" meddai hithau, gan adnabod Iesu.

Roedd Mair yn gwybod. Iesu oedd yno! Roedd Iesu yn fyw! Yn sefyll yn yr ardd! Yn siarad â hi yn yr ardd!

Roedd Iesu yn fyw!

Gweld a Chredu

EFENGYL IOAN, PENNOD 20, ADNODAU 19-29

Wedi i Iesu gael ei groeshoelio, roedd ofn mawr ar y disgyblion. Roedden nhw fel defaid heb eu bugail.

Un noson roedd nifer o'r disgyblion wedi cyfarfod mewn ystafell yn Jerwsalem. Ystafell a'r drws wedi ei gloi, rhag ofn i filwyr neu ddynion Caiaffas, yr archoffeiriad, ddod ar eu traws. Teimlai'r disgyblion yn ofnus ac yn drist.

Ac yna, fe ddaeth Iesu i'r ystafell.

"Tangnefedd," oedd ei air cyntaf. Ac yn syth fe ddiflannodd ofn a thristwch y disgyblion. Roedd eu Meistr yn fyw.

Roedd Iesu yn fyw!

Doedd Thomas, un o'r disgyblion, ddim yn yr ystafell y noson honno.

Pan ddywedodd y disgyblion eraill wrtho fod Iesu yn fyw, ei eiriau oedd,

"Chredaf fi byth os na welaf ôl yr hoelion yn ei ddwylo."

Ymhen wythnos roedd y disgyblion yn yr ystafell unwaith eto. Roedd Thomas yn un o'r cwmni y tro hwn.

Ac yna, fe ddaeth Iesu i'r ystafell.

"Tangnefedd," oedd ei air cyntaf y tro hwn hefyd.

Rhoddodd Iesu sylw arbennig i Thomas.

"Estyn dy fys yma. Edrych ar fy nwylo," meddai'r Meistr wrth y disgybl.

Yr eiliad hwnnw fe gredodd Thomas fod Iesu yn fyw.

"Fy Arglwydd a'm Duw," meddai'r disgybl mewn llawenydd mawr iawn.

Brecwast ar y Traeth

EFENGYL IOAN, PENNOD 21, ADNODAU 1-14, A'R ACTAU, PENNOD 1, ADNODAU 4-8

Aeth y disgyblion yn ôl i Galilea wedyn. Roedden nhw'n llawn llawenydd. Roedden nhw'n gwybod bod Iesu yn fyw. Ac roedd Iesu wedi dweud y byddai'n eu cyfarfod yng Ngalilea.

Pysgotwyr oedd rhai o'r disgyblion. A dyma Pedr ac eraill yn penderfynu mynd i bysgota ar Fôr Galilea un min nos. Ond er iddyn nhw daflu'r rhwyd i'r dŵr am oriau, ni chafodd unrhyw bysgod eu dal y noson honno. O'r diwedd torrodd y wawr dros Fôr Galilea.

Roedd Iesu yn sefyll ar y lan heb i'r disgyblion sylweddoli pwy ydoedd.

"Does gennych chi ddim pysgod, fechgyn?" holodd ar draws y dŵr.

"Dim un o gwbl!" oedd yr ateb blinedig o'r cwch.

"Taflwch y rhwyd i'r dŵr ar ochr dde y cwch," meddai.

Dyna wnaeth y disgyblion. Cyn pen dim roedd y rhwyd yn llawn o bysgod trwm. Mi oedd hi'n anodd tynnu'r holl helfa i mewn i'r cwch.

Ac yna fe sylweddolodd un disgybl mai Iesu oedd yn sefyll ar y lan.

"Yr Arglwydd sydd yna!" meddai.

Neidiodd Pedr i'r môr a nofio am y lan. Ar unwaith dilynodd y disgyblion eraill ef i'r traeth yn y cwch. Roedd Iesu wedi cynnau tân.

"Dewch," meddai Iesu, "cymerwch frecwast." Pysgod oedd bwyd y brecwast hwnnw, wrth gwrs!

Fe fu Iesu a'i ddisgyblion yn treulio amser gyda'i gilydd lawer gwaith wedi hyn. Wedyn fe aeth Iesu i'r nefoedd i fod gyda Duw, ei dad, ond anfonodd yr Ysbryd Glân i fod gyda'i ddisgyblion, i'w cysuro a'u nerthu i fyw yn debyg iddo ef.

Aeth y disgyblion â'r newyddion da am Iesu i bobl y byd.

Testun gwreiddiol: Stephanie Jeffs
Darluniau gan John Haysom
Cynlluniwyd gan Jane Coulson
Addasiad Cymraeg gan Maldwyn Thomas
Dymuna'r cyhoeddwyr gydnabod cymorth Adran Olygyddol
Cyngor Llyfrau Cymru.
Golygydd Cyffredinol: Aled Davies
Cyhoeddwyd yn wreiddiol gan Tamarind,
mewn cydweithrediad â Scripture Union.

ISBN 1 85994 084 6
Argraffwyd yn Singapore.

Cyhoeddwyd gan:
Cyhoeddiadau'r Gair, Cyngor Ysgolion Sul Cymru,
Ysgol Addysg, PCB, Ffordd Deiniol,
Bangor, Gwynedd, LL57 2UW.